カバー・本文イラスト　籠田桂子

目次

僕はここにいる

家に帰ると、子どもは僕の足にからんでくる。
その日にあったことを
脈絡もなく、機関銃のように、僕に浴びせる。
僕は箸を動かしながら、プロ野球の結果を気にしながら、
二人の子どもの顔を代わる代わる見ては、微笑みながら頷く。

子どもが話をしないとき、
子どもに食欲のないとき、
子どもがテレビばかり見て僕の方に来ないとき、
僕は、心配になる。

でも

根ほり葉ほり聞けない。

僕は子どもの姿や表情を見続ける。
僕は父親として、何をしようかと考える。
悩む。迷う。時に、いらつく。

最善の言葉も行為も、みんな僕の頭を素通りしていく。
でも、できることはある。
笑顔で、子どもを見続けることかな。
何かあったら、抱きしめてやろうと思う。
何を言わなくてもいいから。
ぎゅうっと。ぎゅうっと。

子どもは、自分で生きて行かなきゃならない。
ずっと僕が付いて、手をつないで、
歩いていける道など、どこにもない。

疲れたときに、ここに来て、元気になってくれたらいい。
しょせん親ができるのは、そんなことぐらいだろう。

いつでも僕の所に戻ってきていいよ。
言いたいことがあるなら、何でもいいな。
言いたくなければ、言わなくていいよ。

海を見に行くか？
連れていってやるくらいなら、僕にもできるよ。

風はどこにも吹いてくる。
部屋の中に閉じこもっていさえしなければね。

窓を開けようか。
光が眩しいかい？
雨音が優しいかい？

こんな日もある。そんな日もある。

いつでも僕はここにいる。
君のそばにね。
それでいいかい？

僕の大切なもの

僕は、生まれて今までに、たくさんのものを手に入れました。あんまりたくさんだから、全部思い出すことはできません。その中でも、僕が思い出せる大切なものを、いくつか話します。

第一話：どんぐりひとつ

僕が四つか、五つのときのことです。

森で見つけたどんぐりは、つやつやしていました。手に取ると、つるつるしていて、きれいで、不思議と温かいのです。家を出て、これから旅に出ようという、きりっとした顔をしています。鼻を近づけてみると、かすかに森の香りがします。手のひらで転がすと、やさしい声でささやきます。

まだ青いものもあるし、茶色になりかけているもの、汚れているもの、穴が開いているものなど、いろんなのがあります。ベレー帽をかぶっているのは、絵描きになるのかな。

僕は、最初、青いつやつやしているのがいいなと思いました。元気があって、色がきれいだからです。でも、青くて元気のいいものは、どこかのお店の棚に並んでいそうです。

それより、森には茶色のものの方がずっと多いし、茶色の方が、森の木の葉や枝と仲良しな感じがして、だんだん好きになっていきました。

他にもいろんな色や形のものがあります。色の混ざっているものは、いろんな色の葉っぱと仲良しだからかな。穴が開いているものは、虫と仲良しだからかな。ぼろぼろしているものは、土と仲良しだからかな。

どれも一つ一つ違っています。でもみんな森の中で、いっしょに住んでいます。

どんぐりを拾っているうちに、困ったことが起きました。

夢中で集めるうちに、いつの間にかポケットもいっぱいになって、もう入らなくなったのです。でも、土や草の上や、落ち葉の間には、まだまだたくさんあります。どんぐりを一つ一つよく見て拾っていると、どれも欲しくなってきます。

このまま拾い続けていくと、となりの森のどんぐりまで欲しくなってしまうでしょう。それに、ポケットだけでは足りません。大きな袋を持ってこなくてはいけなくなります。

僕はどうしようかと考えました。

ちょっと考えてから、僕は、この森で一番大きなくぬぎの木を探すことにしました。見つけるとその木の下に行き、ポケットいっぱいにあふれそうになっていたどんぐりを、全部落としました。そして、一番近くにあった茶色いものを、一つだけ拾って、ポケットに入れました。

しばらく、木の根本に落とした、たくさんのどんぐりを見ていました。せっかく見つけて、仲良しになったどんぐりとお別れするのは、少し残念な気もしましたが、ここに来るといつでもまた会える……なぜかそんな気がして寂しくなんかありません。

あれから三十五年ほどたちました。僕はお父さんになりました。茶色になったどんぐりの右手には七歳の娘。左手には四歳の息子です。いっしょにどんぐりの森を見に行きました。

でも、もうそこにはどんぐりの森はありません。どんぐりの代わりに、人が住んでいるからです。中から小さい子供の笑い声が聞こえてきます。

あの時僕が、森で一番の木の下に落としたどんぐりは、どこに行ったのでしょう。あんなにたくさんあったのに……。

子どもたちは、僕の手を振り払って、はしゃぎながらかけていきます。

僕は、こぶしを軽くにぎって、静かに目をつむって、耳元で振ってみました。

するとどうでしょう。手の中からどんぐりの、あのやさしいささやきが聞こえてきます。森の香りもしてきます。気がつくと、目の前にはあの大きなくぬぎの木が立っていました。

見上げると、風にそよぐ葉が光を散らし、僕の心をくすぐります。根もとには、たくさんのどんぐりが光っています。そしてみんな笑ってささやきます。

『僕たちは、長い旅に出たんだよ。』

子どもの呼ぶ声で、気がつくと、くぬぎの森は消えていました。でも僕のポケットの中には、今も茶色いどんぐりが一つ入っています。

第二話：ちぎれたようかん

あれは、僕が中学二年生の秋のことでした。

僕は、毎朝学校に行く途中、荒木くんの家に迎えに行っていました。荒木くんは、家から出てくるのがいつも遅く、僕はいつも十分か十五分は待たされました。だから、荒木くんの家を出ると、いつも全力で走ります。

ある日、いつものように荒木くんの家に迎えに行くと、お母さんが出てきて言いました。

「いつもいつも、迎えに来てくれてすまないねえ。あの子はいつも遅いから、藤木くんに迷惑ばかりかけちゃって。これは、そのお礼の気持ちだから、受け取って。でも、ナップサックの中に入れておいて、絶対に家に持って帰ってから、お家の人といっしょに食べるんよ。」

しっかりと念を押すと、荒木くんのお母さんは、ようかんを一本僕に持たせてくれました。

僕は、ようかんをナップサックに入れた時から、その日がなにか特別な日のように感じられました。学校で勉強をしていても、昼休みに外でサッカーをしていても、僕の頭の中にはようかんがありました。

『今日、僕のナップサックにはようかんがある。おそらく日本全国で、ようかんをナップサックに隠し持っている中学生は、この僕だけだろう。』

ようかんを学校に持ってきたことが、なぜそんなに僕の心を揺らすのか、僕自身にもわかりません。

わかるのは、このことをだれかに話したくてうずうずしていることです。

自分は、お礼にようかんをもらった中学生だと自慢したかったのでしょうか。それとも、絶対家にしかないようかんが、なぜか学校の教室にあるという驚きを、だれかと分かち合いたかったのでしょうか。

僕のそのうずうずを、なんとかのど元でつなぎ止めていたのは、

『絶対に家に持って帰ってから』

というお母さんのことばでした。

授業が終わって、掃除の時間が始まるまでは、一人きりのトキメキを押さえる苦しみに耐え

ていました。

しかし、掃除時間が始まると、気分はもう放課後の開放感に向かって、足早に突き進んでいました。

僕はとうとう一人の友だちに、ようかんのことをしゃべり、そっと実物を見せてしまったのです。

とんでもないことになりました。

その友だちは、〝ようかんあるぞとだれかにしゃべりたい病〟のウィルスを移され、荒木くんのお母さんからの免疫もないため、そのウィルスを、教室中にばらまきました。

それだけなら、大したことにならなかったはずです。

しかし悪いことに、聞きつけた男の子たちが、ぼくのナップサックに群がり、それを引っぱり出して奪い合ったのです。

僕は、目の前が真っ暗になりました。このあとどんな結末が……。考えている場合ではありません。

僕は、はたと気を取り直して、奪い合う男の子のところへかけより、取り返そうとしました。

ようかんは、悲しいことに、ちぎれてばらばらに教室のあちらこちらに散らばってしまいました。

僕は、職員室に呼ばれました。

先生の机の上に置いてある、くしゃくしゃの洋半紙からは、ちぎれたようかんが見えています。僕は先生の顔が見られません。

先生の前に、じっと立っていました。先生は、すぐに体をこちらに向けて、簡単に事情を聞くと、凍りつくような空気の中で、黙っていました。何も言いません。

僕は、叱られる覚悟をしていました。が、先生はなかなか話しません。

しばらくして、先生はようやく僕に、一つだけ質問しました。

「藤木くん、このようかんを見て、荒木くんのお母さんは、どう思うじゃろうなあ。」

みるみるうちに目の前がぼやけ、まぶたと鼻が熱くなりました。目から大粒の涙が、ぽたぽたと床に落ちます。握りこぶしをつくって、体が震えています。

僕は、夕暮れの坂道を、一人帰りました。やわらかい光が家々の屋根や壁を赤く染めています。道は暗く、長く続きます。ナップサックの中には、くしゃくしゃの洋半紙にくるんだ、ちぎれたようかんが入っています。

『このようかんは、どんな味がしたんだろう。』

食べ物でなくなったようかんには、甘い味などありません。

このばらばらになったようかんは、今の僕のようでした。もう元にはもどらないけれど、せめて僕の心の中でつなぎ合わせてみようと思いました。

それくらいしか……、僕にできることはなかったのです。

第三話：かけがえのない一粒

僕は、教師になって一年目の頃、隣のおじいさんに、三つの種をもらいました。

何の種かはわかりませんが、一つは大きくて黒い種です。もう一つは、中くらいで灰色の種です。あと一つは、小さくて先に綿毛が付いています。

三つとも、別々の植木鉢に、ていねいに植えました。毎日水をやって、日当たりのよいところに置きました。

一週間ほどすると、その内の二つから、芽が出ました。もう一つは、さらに一週間たっても、芽は出ませんでした。

二つの芽は、大事に育てようと思いました。

毎日水を欠かさずやって、日を当てました。

三週間ほどすると、一つの芽は元気がなくなってきました。水もちゃんとやっているし、日当たりもいいのに。

一ヶ月たったころに、元気のなかった芽は枯れてしまいました。

残ったのは一つです。三つの種の内、二つはもうありません。

あの二つの種は、何の種だったのでしょうか。きれいな花だったかもしれません。もしかすると、おいしい実がなったかもしれません。そんなことを考えていると、種を育てることができなかったことが、とても残念で仕方ありません。

それに、残念なのは、どんな花なのか、どんな実がなるのかを知ることができなかったことだけではありません。

二粒の命を、僕は、死なせてしまったのです。

僕には、命を失わせることはこんなに簡単にできるのに、命をつくることはとうていできないのです。

生物の先生は、昔、僕にこう言いました。

「生き物は、『種《しゅ》』が残ればいいんだ。一粒の種を失わせてもいいけれど、一つの『種《しゅ》』を失わせてはいけない」と。

生き物は、生き物を殺して食べる食物連鎖の中で、お互い命をつないでいます。だから、「死」は生き物の定めと言えるでしょう。しかし、「種《しゅ》」がなくなれば、食物連鎖がねじれ、そこから小さな穴が空いて、自然の仕組みが見えない速度で崩れていくということなのでしょう。

それでも僕は、二粒の種を失った悲しさを埋めることができませんでした。

それはきっと、その種は僕にとって代わりのないものになっていたからでしょう。


僕は、一つ残った植木鉢の芽を持って、隣のおじいさんの家に行きました。

おじいさんは、僕がちょっと浮かない顔で来たのを見て、ニコニコしながら、どうしたのか優しく尋ねました。

僕は、おじいさんからもらった三つの種の内二つを枯らしてしまったことを、順序よく話しました。そして、もしかすると最後に残った一つも枯らしてしまうかもしれないと思ってやって来たことも告げました。

おじいさんは、ちょっと悲しそうな顔をした後、またすぐににっこり微笑んで、僕にこう言いました。

「三つの種は、全部違うんだよ。」

僕は、そんなことはわかっていました。見た目が全然違っていましたから。

さらにおじいさんはこう言いました。

「三つの種は、日の当て方も、水のやり方も、全部違うんだ。」

そうか、違う種なら、育て方も違うはずだなと思いました。でも、おじいさんは、僕に種をくれたとき、なんでそれぞれの種の育て方を教えてくれなかったんだろう。それを聞いていれば、僕だってちゃんと育てられたはずじゃないか。

おじいさんは、そんな僕の思いを見抜いているように、その後続けて一言だけ付け加えて、部屋に入っていきました。

「三つの種の、それぞれの育て方は、その種から教えてもらうものだよ。」

種を見て、種から聞こえてくる声を聞いて、種からにおってくるにおいをかいで、種の温度を感じ取って、そうやって種から教えてもらって、この種には何がいいのかを知る必要があったのです。

幸せの感じ方

そう言えば。
幸せは、どこかにあって探すものではなく、ここにあると感じるものだ、と考え始めたのは、いつのころからだろうか。

ぼくが、大学を卒業して、倉敷で一人アパート暮らしをしていたときのことだ。

晩秋といっても、その年はもうずいぶん寒かった。その頃ぼくは仕事場に、自転車で行き来していた。仕事を終えて自転車にまたがると、ジャンパーを着ていてもずいぶん寒い。ひとりでアパート暮らしをするのも、学生時代から数えて、今年でもう七年になる。洗濯物もたまりがちだし、部屋の片づけも一週間に一度は無理になっている。日もとうに暮れて、会社帰りの車もスモールライトにしている車はない。家路を急ぐ車の波は、容赦なく自転車に爆風を吹きかけて通りすぎていく。急いで帰っても楽しみはない。疲れた心と体を休めに帰るだけだ。お腹はすいているが、ひとりで食べる遅い夕食は、速く自転車をこぐ動機にはならない。ペダルをこいでもこいでも、不思議とアパートに近づいている気がしない。

やっと大通りを抜けて、閑静な住宅が並んだ路地へ入った。玄関口の下だけを照らす門灯の脇に、小窓から漏れる湯気と、柔らかい光と、子供の声がたまっているのを横目で見ながら、ペダルに力を入れる。あいかわらず寒い。そうしてアパートにたどりついたぼくは、手探りで鍵穴をさがす。靴をぬぎながら電気をつけるとすぐ、昨日の風呂の残り湯を落とす。ジョボジョボと熱いお湯が入る音を聞きながら、冷蔵庫を開けて缶のままビールを飲む。お湯がたまるとすぐ入る。暗く寒い中を自転車で帰ってきた後すぐに、熱いお湯に体を沈めることの幸せ。湯気と一緒に気分が天井に上っていく。暗い中、寒い中を走って帰ると、家の明るさや温かさが身にしみて感じられる。

ぼくは、今までの暮らしの中で、たくさん同じことを経験してきた。いつも同じだと、感じられなくなっているものがたくさんある。ほんの些細なことに、ふっと気をよくしたりしている自分に気づかなくなっていることが、よくあるのだ。毎日繰り返される日常生活の中の、ふと心が優しく温かくなる瞬間、その瞬間の繰り返しが、その人の「幸せをつかむ感性」となっているのではないか。時間に縛られ、物に囚われがちな生活の中で、自分の五感を開放し、前向きな気持ちで、物事をとらえていたいものだと思う。

つらい時は、本当は、いやな時ではない。つらい時は、次にやってくる楽しい時をより楽しいと感じさせてくれる、大切な時なのだ。つらい時だけではない。寂しい時、寒い時、苦しい時、忙しい時。これらはすべて、来たるべき楽しい時の〝準備期間〟だと思うことにしている。もちろん、楽しい時は楽しい。その時を、存分に楽しいと感じればいい。


「苦しいことはすぐ過ぎる。楽しいことはすぐやってくる。」

ぼくはそう感じることを、いつからか、知らぬ間に見つけていた。

赤い大きなランドセルの話

僕が小学校の三年生のときだったろうか。

学校の帰りに、宮川沿いの小道を、一人で赤い大きなランドセルを背負って帰っていたのが、Eさんだった。彼女はいつも一人だった。彼女は、どちらかの足がやや不自由で、ぴょこぴょこ歩いていた。口もうまく動かせなかったので、話す言葉もはっきりと聞き取れないことが多かった。小さいときに病気をしたらしい。

昭和四十五年頃のことで、今と違って障害者に対する偏見も強かった時代だ。

彼女はいつも一人だった。そして、なぜかいつも明るかった。いじめられていた場面によく出くわした。よく服が汚れていたし、泣いている姿もよく見た。でも、なぜか僕が彼女を思い出すのは、彼女が笑っている顔だ。

その日も一人で赤い大きなランドセルを背負って宮川沿いの小道を帰っていた。僕は他の男の子二、三人とふざけっこしながら帰っていて、少し前を帰る彼女に気づいた。いつものように駆け寄って彼女をからかう。彼女は嫌々をしながら先を急いだ。それでも容赦なく僕たちはちょっかいを出した。ひとしきりからかった最後に、僕たちは彼女のランドセルの後ろから跳び蹴りを食らわして逃げた。僕は、一番後ろを駆けりながら振り返ってみると、彼女はうつ伏せにばったり倒れてじっとしていた。僕はこのまま友達と帰ってしまっていいんだろうかという不安を振り切るように、無我夢中で駆けっていた。

そんなことがあったにもかかわらず、次の日、世界は何ひとつ変わっていなかった。一緒にいた男の子たちは元気に遊んでいた。彼女はにこにこしながら、赤い大きなランドセルを背負って宮川沿いの小道を、ぴょこぴょこ帰っていた。

そしていつのまにか彼女は転校していた。

僕は、中学校の教師になって、地元に戻ってきた。中学校では、今でもいじめがある。あれから十七年経っても、同じことは起こっている。僕は、教師の立場で、中学生にいじめについての指導をしている。その度に、宮川沿いの小道に転がったEさんの赤い大きなランドセルが、目の前に浮かんでくる。

僕はあのとき、いったい何をしていたんだろうか。

僕の頭によみがえる赤い大きなランドセルは、歳をとるごとに鮮烈になって、僕を苦しめた。

目の前の生徒にいじめの実態が見つかり、そこへ関わっていくときにいつも、その赤い大きなランドセルが目の前に出てきた。

僕はこのまま教師が続けられるのだろうかとさえ思った。

さらに十年経った。僕は同和教育主事になっていた。この仕事は、部落差別や障害者差別、男女差別、職業差別、高校差別など、世の中にある様々な差別と向き合って、中学生に人権教育を押し進める中心となるものだ。教師になってからこの方、学校の中で国語という教科を教え、バスケットボールのクラブの指導しかしてきてない僕が、他の学校やこの中学校のある地域にも目を向け、差別と闘える人の育成に携わることになろうとは……。

このことは、僕の世界を広げてくれただけでなく、ある大きな人生の意味に気づくきっかけになったのだった。

ある時、僕は地区の保護者の懇親会に出席した。これも同和教育主事の仕事の一つだった。中学校の保護者だけでなく、婦人会や、老人会、幼稚園や小学校の保護者の方も参加した会だった。初めての人も多かったが、酒の入る席なので、気楽に飲んでしゃべろうという気持ちで参加した。会場には開会の十分ほど前に着いた。ビールやオードブルがテーブルに運ばれてくるのを、畳の隅でぼんやり眺めながら、開会を待っていた。

そんなとき、僕の前を割烹着を着た一人の女の人が通った。何気なく、その人を見た瞬間、僕は体が凍るように固まり、頭に血が上って、周りの様子が目に入っていない状態に陥った。

その女の人は足が不自由で、ぴょこぴょこ歩いていた。

二十七年経っても、僕の記憶に残っている笑顔と少しも変わらなかった。彼女は、そんな僕の様子に全く気がついてはいない。いや、僕のことなど忘れているかも知れない。たとえ覚えていたとしても、自分の少女時代に嫌な思いをさせられた男の子と顔を合わせたくはなかろう。ましてや話などしたくないだろうし、だいたい何を話すことがあろうか。僕の今の自分をどうかしたいというより、彼女が僕だと気づいた時の、身も置き場がないような、彼女の方の居心地の悪さをどうしたらいいだろう。同和教育主事という立場で来ている僕は、どの面下げて、彼女と会えようか。

そう思うと、これからこの席でのんびりビールなど飲む気にはなれなかった。今すぐにでも逃げ出したい気持ちでいっぱいだった。かといって、これから会が始まろうとしている今になって、帰ることなどできるはずもない。どうすることもできず、僕の頭の中で同じようなことがぐるぐる巡り続けた。

考えてみると、あのときもそうだった。赤い大きなランドセルが転がった宮川沿いの小道を、無我夢中に駆けったあのとき。あれが間違いのもとだと、二十年もの歳月を経て気づいたはずなのに。それでも、今自分は逃げたいという気持ちでいっぱいだ。

会は始まった。僕は、ビールを飲むともなく飲み、料理を食べるともなく食べた。横の人といくらかの世間話をしたが、心は別の所にあった。僕の中で、どくどくと時間が流れていった。三〇分ほど経って、とうとう僕は彼女に話すことにした。

彼女の所に近づいて座り、僕が誰なのか話そうとすると、意外にも彼女は僕を覚えていて、僕が言う前に、彼女は僕の名前を呼んだ。僕は思いきって宮川沿いの小道で僕がしたことを、小さな声で打ち明けた。彼女がどんな顔で聞くのか怖かった。が、ここで言わなければ、この後もずっと、一生僕は苦しむだろうと思った。

彼女は、そのことを覚えていなかった。そして、にっこり笑って、「気にせんでええよ。」とたどたどしい言葉で返したのだ。

僕は体中に熱いものが込み上げてくるのがわかった。目の前がぼやけてくる。三十も半ばを過ぎた男のこんな姿を、こんな所で、知らない人たちに見られるのは嫌だった。が、それ以上に、目の前で僕をしっかり見て微笑むEさんの存在に打たれ、為すすべもなかった。

帰り道で、僕はぼんやりといろいろなことを思った。

僕は二時間ほどの懇親会が、まさかこんなになるとは思っていなかった。神様か運命か、何と呼んでいいかわからない何かを感じずにはおれない。

彼女はあれからどんな人生を歩んできたのだろう。理由にならない理由でいじめられながら、それでも笑顔を持ち続け、今は二児の母になっているそうだ。

彼女の、あの赤い大きなランドセルには、優しさと悲しみと笑顔がたくさんつまっていたに違いない。

今になって、やっと分かった。

卒業アルバム

（一ページ）
語り合った
友達のこと　恋のこと　将来のこと
オレンジ色に染められた　教室の窓辺

熱い日差しの中
小雪のちらつく中
友達と駆けった　バックネットの裏

そこにはたしかに　僕らがいた
そこにはたしかに　風があった

明日からは　僕らの場所ではなく
一枚一枚のセピア色の写真となって
心のアルバムにはられていく

二週間もすれば
僕がいた席に
また誰かが座り
青春の軌跡をつくる

僕らは
新しい風になって
桜のつぼみの間を抜けて
青い空へと舞い上がる

卒業は……思い切って翔び立つこと

（二ページ）
俺は　勇太に嫌なことを言われた
俺は　腹が立った

俺は　和也に嫌なことを言った
和也は　俺を許してくれた

だから
俺も　勇太を許そうと思う
　　　卒業は……すべてを許すこと

（三ページ）
俺は　光子が好きだ
初めて会ったときから

少しずつ　その気持ちは変わってきたが
今でも俺は
光子が好きだ

もっと中学生でいたい
光子は　俺と違う高校に通う

でもまあ……いいか
光子と同じ空の下にいられたら

　　卒業は……淡い思いをちょっと引きずること

(四ページ)
出会いと別れは　神様に任されている
神様は必ず　いくつかのチャンスをくれる

そのチャンスをつかむのは
自分の手だ

人を愛する力
人に愛される力
どれだけ身につけられるかによって

　　卒業は……成長を信じること

(五ページ)
校門を出るとき
ちょっと振り返ってみた
僕の中で
何かが
コトッと　動いた

校門を出たところで
空を仰いだ
僕の中で
何かが
キラッと　光った

卒業は……何かに気づくこと

入院して想ったこと

朝が来れば
たとえそこが昨日と同じ病室でも
昨日とは何か違ったことが起きる気がする
今日はこれがあるという
楽しみがある訳ではないのに
これが人間なんだなあと思う

早くここを出たいと思う
でもここでの暮らしは悪くない
ここを出たとき
ここでの暮らしを思い出し

何か新しいことに気づくだろう
だから僕は今
ここでの暮らしを受け入れられる

僕の大切なもの
　家族
友人が多いこと
　健康
ここでは、お金も地位も関係ない

失ったものを思うより
今できることは何かを思おう
今、僕はここにいるのだから
ここにいてできることだけを
思っていればいい

退院したら
新しい世界へと
自分を放り出して
新しい自分を
創っていこう
生きている限り
自分の力を全部出さないと生きていけないような場所で
自分の力を全部出してもうまく行くとは限らない仕事を
求めて生きることが
今の僕には必要だと思う

四月から戦場に向かう
準備さえしておけば
一生懸命やれば
なんとかなるさ

安田くんと藤田くん

安田くんは、体が大きい。
藤田くんは、体が小さい。
二人は仲良しだ。

僕は、二人がお腹を空かせているのを知った。
僕は、二人に、ご飯をごちそうすることにした。
同じ大きさのどんぶりに、同じだけご飯をついだ。
二人は勢いよく食べた。

安田くんがおかわりだと言った。
僕は、またどんぶりにご飯をついだ。

つがれたご飯を、安田くんはまた勢いよく食べている。
藤田くんは、三分の一ほどご飯を残して、はしを置いた。
安田くんは、二杯目を食べ終わると、おかわりと言った。
もうご飯は残っていなかった。

安田くんは、藤田くんが残したご飯を僕が食べると言った。
藤田くんに、もういらないのかと尋ねると、いらないと言う。
安田くんが、藤田くんの残したご飯を食べた。

二人は平等に満足して、僕にありがとうを言って、帰っていった。
二人は、今も仲良しだ。

地球号トモ　回る

僕の名前は、トモフミと言う。

自転と公転をしている地球に、どこか似ている。

そして、そのどちらもが、自分には普段意識がない。

決して自分が今いるところのことが、すべてうまく行っているわけではなく、でもとらえ方を変えれば結構うまく行っているとも言え、つまりは気持ちに元気があるかどうかだけの問題なわけだ。

時間があればそれだけ心豊かに過ごせるとは限らない。ややもすると「小人閑居して不善をなす」という言葉に当てはまってしまう。持て余すのは、目標がないからで、だから今やるべきことにやる気が起きないからだ。あまりに簡単にできることも、やる気にはつながらない。

ストレスは、暇で退屈なときにもたまると言われるのも頷ける。

僕は、自分で、つくづく凡人だと思う。一部の人を除いて誰でもそうだろうが。時間のない時には、時間がない時間がないといらだち、時間がないから好きなことができない、ストレスがたまると叫んでいるのだ。時間があり余って、そして誰も相手をしてくれる人がたまたまなかったりすると、「あ〜あ暇で暇で退屈だ」とつぶやいている。何というわがまま。何という時間の使い方知らずのコンコンコンチキ。だから凡人はだめなのだ。

しかし、僕は結構この手の自己嫌悪の種を多く抱えている。優柔不断で飽きっぽいとか、見つからなけりゃ、ちょっとくらいいいんだとかいう気分になるところも嫌いで仕方ない。見た目が誠実そうに見えるらしいから困ったものだ。「こんなんじゃいけない、僕は変わるんだ」と、何度か意気込んではみるものの、そのがんばりは長くは続かない。どだい無理をすることは、長続きしないものだと相場は決まっている。結局は「ありのままの自分が一番」という言い訳を思いついて、無理してがんばる自分から逃れて、変われずじまい。「生まれつきのもんじゃから、そうそう変われるもんじゃない」と言い聞かせ、開き直って一件落着。しかし、いつしかどこからか、自己嫌悪のビールスが体に入り込み、歴史は繰り返す。「あ〜あやっぱり僕はだめな人間じゃ」とさらなる自己嫌悪の山をうず高く積み上げていく人生。次にくるのは、「人間誰もいいとこばっかりじゃないんだから、要は、『プラス思考』だ。」というところだ。「いいとこだけ見て、明るく 陽気に 晴れ晴れと」の標語をこしらえ、ちまちま考えても同じじゃ、だったらいっそ細かいことは気にせずに、前向き前向き。いっちゃえ、いっちゃえ。いってしまって、とんでもないことになるのである。

地球号トモは、この手の思考とともに、同じ所を回り続ける。

僕たち中年と呼ばれる世代の行動を見て、「オヤジ入ってる」と、最近のコギャルは言うらしい。実際にこの耳で、聞いたことはないが。聞いたことないということは、実際オヤジなのかもしれないな。うわさ話は、通常は本人には入ってこないことになっている。

しかし、「入ってる」というのだから、入れ物は「オヤジ」ではないのだ、がっはっは。しかし、こんなに豪快に笑った後、突然むなしさに襲われるのはなぜだろう。

確かに、僕は三十歳も後半と言えば、いい言い方になるが、もっと思い切って正直に言うと、あと一年で四十歳の大台に乗ってしまうという瀬戸際中年だ。

し、しかしだ。（ここでどもってしまうところに、弱さがあったりして。）若さは心からくるというではないか。たとえ百歳になっても、心は高校生だといえば、高校生なのだ。（ちょっとこれはあまりに無茶か……）

八千草薫を見よ。あの方は既に七十歳が来ようとしているにもかかわらず、見た目は三十歳ほどではないか。（どうしてだろう？　あれって不思議。整形かなあ。）あの方は特別だとでも言いたげだな。ふっふっふっ。その通りだよ、コナンくん。あの人は特別だ。もっと言えば、あの人は、地球人ではない。そう思わんかね。あの人を例に挙げた、僕が悪かった。この通り謝る。

つまり何が言いたいのかというと、誰彼が中年だとかオヤジだとかでなく、僕はオヤジではないということを証明しようということなのだ。

ここで、世間が「オヤジ入ってる」行動だとしている、幾つかの具体的事例を挙げよう。

その一　お風呂に入って「ええあんばいじゃ、極楽極楽。」と言う。「体のシンまであったまるのう。」とも言う。そのあと七歳の娘に「そうじゃのう。」と相づちを打つように教育もしている。

だがそれは、古き良き日本の伝統的な湯船のつかり方を、今の子どもたちに伝授し、廃れさせないための、いわば教育的配慮からくるものなのだ。一人で入ったときも口ずさむが、日頃から練習しておかないと、娘と入ったときに、心の底から実感した言葉として発せられない。僕は中学校の一国語教師として、「言葉を発する者の気持ちが、言葉そのものに背負わされてくるものだ」という信念を持ち続けているのだ。教育は本物の追究なのである。

その二　夏の暑い日に喫茶店に入って冷たいおしぼりが出ると、手のみならず顔まで拭いてしまう。周りにお客がいなければ、脇の下まで拭いてしまいたくなる。

しかし、これは今人間が、文明というものの中に埋もれ失いかけている「動物としての本能」を呼び覚まそうとしている行動なのである。暑いときには汗をかく。汗をかけば拭く。これは当たり前のことである。冷暖房が効いた部屋で過ごすことで、発汗作用という生理現象まで、外的要因で制御しようとしている現代人への挑戦状なのである。

その三　晩酌でビールを飲みながら屁をこく。時折、こいた屁を素早く右手の中にパックし、たまたま近くにいる家族の誰かの鼻先で、開封することすらある。ちなみにこれを「にぎりっ屁コミュニケーション」という。

その名の通り、これは家族とのふれあいである。このごろは崩壊している家族が多い。仕事が忙しくて、子どもと触れ合う父親が少ない。妻でさえ、割り箸を使って旦那のパンツを洗濯機に入れる時代だ。子どもが独り立ちすると「私はこれから自分のために生きるの。」とかなんとか都合のいいこと言って、それまでに別の理由を（例えば浮気とかギャンブルだとか）見付け、証拠を固めておいて、「慰謝料たんまりウハウハ私これから自由だわ離婚」の計画だ。だから、臭わせるのだ。「ここに幸あり」ならぬ「ここに父あり」。原始的かつ動物的だが、これは一種のマーキング。他人だったら絶対しないもの。したら、刑務所行きだからね。本当の家族をつくるための、日々の涙ぐましい努力。それは、甘いもすいいも嗅ぎ分ける、人生勉強の学習指導だと言っておこう。

その四　男子トイレの便器にまたがるや、たんつばを吐く。「か〜、ぺっ」てな具合だ。

これは、集団インフルエンザの自己防衛策である。寒くなると、誰彼ともなく、ごほごほ言い出す。やめてくれ、移さないでくれと心の中で思っても、インフルエンザは、人を選ばない。ズカズカと土足で体の中に入ってくる。たまったものではない。だから、これは、うがいをしたり、換気をするのと同じである。普通のうがいだと、なかなか完全には吐き出せないのだ。

ここで、正しいたんの吐き出し方を伝授しよう。あくまで、人に聞いた話である。

「か〜」のところがポイントである。「か〜」でしっかりたんを口の中に出し切っていないと、「ぺっ」で完全には外に出てしまわない。悪くすると、「ぺっ」と吐いても糸を引いて戻ってくるから、それが便器だとあせる。「おおっ、糸が戻ってくるう。」と、まさしく狂うほどのあせりなのだ。慌てて「ぺっ、ぺっ」とするけれど、なぜか、この場所の重力は、地球上のそれではない。人生の塩辛さを体験するのである。

塩辛さ。それは、若者の比ではない。小便は、終わったかに見えてパンツの中にしまおうとする時に、管に残っていた数滴がちょろっと出てくるものなのだ。いわゆるキレが悪いというやつだ。キレはないがコクはある。だから泡立つのだ。泡までうまいモルツのような話は、奈落の底へと、限りなく落ちて行ってるようである。

結論を急ぐことにする。

おっと、その前に大事なことを一つ。ここは、蛍光色のラインマーカーで、なぞっておいてもらいたい。上記四つの具体例は、一般的にオヤジと称される人々の行動であり、決して僕の実生活とは、何ら関係はない。（何？　その疑いの目は。）

オヤジは、自分のことをオヤジだと思っていない。じゃあ、そんな者いないかというと、やはり否定はできない。つまり、オヤジかどうかを決めるのは、自分ではないのだろう。誰からオヤジと言われても、自分はオヤジでないと思っていれば、それで充分幸せなのである。

幸せは、青い鳥のようにどこかにいるものではなく、自分の心の中に青い鳥の存在を感じることだと、メーテルリンクは言った。オヤジ万歳。幸せであれ。

そしてまた、サン・テグジュペリは『星の王子さま』の中で、こう言った。

「大人はだれも、初めは子どもだった。しかし、そのことを忘れずにいる大人は、いくらもいない。」

世のオヤジたちよ。人目を気にして、無理に若返るのはやめよう。キラリと光るビー玉を一つ、ポケットの片隅に、入れとけばいいではないか。

地球号トモは、今日も元気に回っている。

地球号トモ　修理する

この地球上には、たくさんの宇宙人がいる。

子どもの頃は、まだ自分がどこの星から来たのか知らない。二十歳を過ぎると、自分が何星人なのかが、だんだんわかってくる。

その節目にあたるのが「星人式」だ。


僕は目のけがで、入院した。

この病院には、二種類の宇宙人がいる。

「ジジババ星人」と「看護婦星人」だ。

「ジジババ星人」は、咳をしたり、物を落としたり、一人でぶつぶつ言ったりする。

「看護婦星人」は、全身が真っ白でいい香りを漂わせている。点滴の注射針を僕の手に刺すとき、柔らかい手でそっと僕の手に触れる。キラキラ光る笑顔を見ていたら、針のチクリが僕のハートに突き刺さる。

何かするとき、必ず予告をする習性がある。

「手を出して下さい。」「針を刺しますからね。」「ちょっとチクッとしますよ。」「ばんそうこうで止めておきますからね。」

そのどれもが、いい香りを漂わせる。

もっと優しくしてくれたら、多少不自由でも、看護婦星に永住する気になるかもしれない。


朝と夕に一回ずつ、抗生物質の点滴を受ける。

時折、看護婦星から白衣を盗んで潜入した「ジジババ星人」がやって来る。何かするときに予告する習性だけは同じだが、その他がすべてまるっきりことごとく違う。

「あら、あら、ばんそうこうを張ったところ、毛剃りをしてないのね。はがすと痛そうね。」と言いながら、容赦なくバリッとはがす。

オーマイゴッドである。

まるで吉本新喜劇の世界。痛そうな顔をすると、次にどんな攻撃を仕掛けてくるかわからない。僕のカラータイマーはその時すでに点滅していた。

悪いことは思い出すまい。

看護婦星人が、日に三回、目薬を入れにやって来る。

そのときは顔が三〇センチのところに近づく。僕は思わず口を半開きにしてしまう。しかし看護婦星でも、「口吸い合衆国」の人はいないらしい。

しかし、来るべき日のために、僕は一日三回、せっせと歯磨きをしている。

桃の花びら

岡山駅前の桃太郎の銅像の前で、忘年会の待ち合わせをした。

イルミネーションの光の点滅が、墨色に塗られた空を見上げる桃太郎の横顔を、不規則に浮かび上がらせては、また闇に紛れさせている。桃太郎は、肩に雉、足下に犬と猿を従え、僕たちを、無表情に見下ろしていた。

僕たちは、毎週土曜日に、旭川の河川敷で草サッカーをしている仲間だ。僕は今年から入れてもらったので、このグループでの忘年会は初めてだった。

夏の飲み会に一度参加したことがあった。全く女っ気はなく、飲んで騒いで、サッカー談義で盛り上がり、酔って街をふらついて、ラーメンでも食って帰るという、典型的なサッカー野郎の飲み会だった。それでも街に繰り出すのは久々だったので、暖かいところでおいしいものを腹一杯食べようと、うずうずしていた。

三〇分ほど待った。街の喧騒とは裏腹に、昨日辺りからの寒波に身を縮め、空腹で半開きの僕の目には、ネオンのきらめきが虚ろに光っていたことだろう。いつもながら僕は、サッカーのあと着替えたジャージのままだった。来てみると、幹事の大山君は黒のジャケットを羽織り、髪もビシッと決めている。『あれっ？　いつもと違うなあ。』と思っていると、そこへ女の人がやってきた。『やっぱりいつもと違う。』山岡さんが、女の人を、なんと三人も連れてきたのだ。

八ヶ月もの間、この草サッカーのホームコートには、花の一輪も咲いていなかった。まさしく草だけが生えた河原で、僕たちは、無邪気な犬のように玉と戯れていたのだ。もちろん、大山君には悪気などない。だからこそ、やり場のない石ころを、ポケットの中で、一人転がすしかないのだ。ああ……せめて髭ぐらい剃ってくればよかった。

「これで全部でしょう。」という大山君の声で、僕たちは、賑やかな雑踏を抜けて、予約している店へと歩き出した。寒かった。店の前でまた三〇分待った。店の入り口にしつらえた下駄箱や暖簾の作りが、ちょっと昔の銭湯のような装いをしていた。やっと座れた。が、ビールと料理はすぐには出てこない。おめかしをした女の人が、続々と入ってくる。が、僕の近くには座らない。

やっと宴会は始まった。長い時間待たされた反動で、僕はひたすら食べて飲んだ。河原で玉とじゃれた犬が、毛並みを整えもせず、投げられた骨に飛びついている絵だ。料理と飲み物がたくさん出てきたことが救いだった。適度にアルコールが入って、空腹も解消されてくると、周りも我を忘れて騒いでいて、僕のことなど気にする人はいなくなる。隣の人と話したり、楽しそうな人たちをぼんやり眺めたりしながら、今度は岩場の隅で湯に浸かる、一匹の雄猿になって、湯煙の旅情を楽しんでいた。僕の所が混浴だったら、この上ない夜ではあっただろうけれど……。向こうのテーブルも、それぞれ席を移動しながら、好みの人と背中の垢を洗い流している。みんな、何も憂うことなく、今この時を存分に楽しんでいるふうだった。

一次会はほどなく終わり、話し足りない人たちが遅れて出てくるのを、しばらく店の前で待った。アルコールの作用で、街のネオンもおぼろにかすんで見え、理由のはっきりしないふんわりとした愉快な気持ちで、アスファルトの波間を浮遊していた。夜の街を歩きながら、次は静かな所で、ゆったり気持ちよく話がしたいと、ぼんやり考えていた。

二次会のバーに着いた。

ゴリラが壁を登っていた。デフォルメされた愛らしいキャラでもなく、リアリティーに富んだ造形でもない。いくつものスポットライトは、ここに張り付いて動けない境遇を、寂しく背中に映し出しているようであった。

中にはいると、暗くした部屋のあちらこちらに、柔らかい日溜まりができ、琥珀色の暖かい空間を創り出していた。

駅前から会場まで一緒に歩いた時に、話してみたいなと思っていた、山岡さんの友達の〝桃ちゃん〟と隣になった。

神様はいた。

この髭面のジャージ男にも、美しい女の人と話す酒席を与えてくれたのだ。

二十三か四くらいの歳だろうか。細面で、肩まで伸ばした髪がさらさらしていた。

ほんのりとライトに浮かび上がった彼女の横顔には、ちょっとはにかむような控えめな笑顔が、いつもたたえられていた。そして、時折、顔の前にかぶさろうとする長いきれいな髪を、うなじのほうへかき上げる仕草が、僕を酔わせた。

僕は最初、何から切り出したらいいものか、悩んだ。しかし、この期に及んで悩む姿を悟られたくないという一心で、グラスを何度も口に運びながら、余裕の表情を浮かべながら、やっとの思いで切り出した。

「よく飲みに来るの？」

「ううん、私、あまりアルコールは飲めないの。でも、こういう所で飲む雰囲気は好き。」

見た目ほど話し下手ではなく、ニコニコしながら、気さくに言葉を返す感じのいい人だ。

「僕たち、土曜日に河原でサッカーしている仲間なんだけど、スポーツはするの？」

「ううん。今はもうなんにもしてないけど、前はちょっとバレーボールをしてたわ。でももうこの歳だと動けないよ。」

彼女は、僕の方を見てくすっと笑った。

「僕たち男はみんな、いつまでたってもガキだからね。草っぱらにボールが一つあれば、すぐ何人か集まってくるんだ。嫁さんや小さい子どもがいても、家に置いて飛んで来るんだ。ここにいる連中は、ほんとにサッカーが好きだよ。」

「いいわねえ。私は運動があんまり得意じゃないけど、天気のいい日に、河原でサッカーなんて憧れちゃうな。私も男に生まれてくればよかったな。」

ちょっと残念そうな目をつくったあと、また僕の方を見てにっこり微笑んだ。

「そっか、桃ちゃんが男になったら、差し当たって〝桃太郎〟に改名だね。」

僕は、のどが渇いて、この店に来てから瓶ビールを二本空けていた。店の薄暗い灯りの中で、気持ちよく酔って、三〇センチ先には、桃ちゃんの顔があった。

彼女はとても目のきれいな人だった。魅惑的な切れ長の目。その奥の瞳からは、僕への優しいまなざしが向けられていた。僕はずっとドキドキしながら、夢見心地の中にいた。彼女の優しいまなざしの中に居られることで、この上ない幸福を得ていた。桃ちゃんとは、不思議と、初めて会った感じがしなかった。美しさと、気さくで素朴な面とを兼ね備えていて、気を使わずにいつまでも一緒に居られる気がした。僕は、この時既に、一声鳴いて天に羽ばたく、雉になっていた。

美しい女の人の隣に座る、千載一遇のチャンスを得た無粋な男が、自分に気を引こうと必死で口説いている絵に、周りからは見えたことだろう。しかし僕は、彼女の前で、自分でも不思議なくらい素直な気持ちになっていることがわかっていた。

時間が流れていることが感じられない、甘美な世界にはまり込んでいた僕は、みんなの帰り支度に目を覚まされた。時刻は○時を回っていた。そして、このままだともう二度と会えないということに気づき、うろたえた。『もう一度会いたい。』一途な思いは、言葉にすると浅ましく映るだろう。しかしそんな遠慮を押しのける魅力が、桃ちゃんの瞳にはあった。

表の壁にしがみついていたゴリラは、さっき岩風呂に浸かっていた雄猿の〝成れの果て〟に違いない。

どんなに楽しいことにも終わりはあり、次はまた、別の楽しいことがすぐやって来ると、今まで思ってきた。今日は、そんないつもと違っていた。桃太郎といっしょに、彼女に気に入られようとする僕の心の鬼退治を終えた三匹。雉は遙か遠くへ飛び去り、犬は走り疲れ、猿は湯冷めをして壁からずり落ちている。

あの駅前の桃太郎の肩と足下に、銅となって固まってしまったのか。いつか、ここにまた桃ちゃんが現れたなら、三匹は再び復活するだろうが。

帰りのタクシーが、住宅の近くのスーパーの前で止まった。
夜のしじまが、見慣れているはずの景色を、違う景色に変えている。
白い息の向こうに、果てしなく広がる星空があった。
いつもと違う夜だった。
白い妖精が舞い降りてきても、おかしいと思わなかっただろう。
寒さに身を縮めて、ポケットに手を入れた。
駅前の噴水の前で拾った石は、いつの間にかなくなり……
あれっ、と思って手に触れた柔らかい物を、つまんで出してみると、
桃の花びらが一枚、
はらりと黒い冷たいアスファルトに落ちていった。

夕暮れは宇宙人

夕暮れに街を歩いて
家に帰る
そのとき僕は
宇宙人になる

冬の夕暮れ
風に体を縮め
空に心を溶かす

薄い水色で覆われた空に
大樹の枝が

細かい枝の先まで
くっきりと映し出され
その上に
星が一つ　かすかに揺れている

少しずつ増えていく街の灯
僕は今
地球という星で暮らす
一匹の宇宙人

ここに連れてこられて
もうすぐ四十年
こんな夕暮れには　郷愁をかき立てられる

いつまでいるのか
どこにいくのか

僕より大きい大樹
大樹より大きい地球
地球より大きい宇宙

でも　僕の中には
今　宇宙がある

あとがき

僕が僕であるというのは、体でいうとどの部分を指すのだろうか。

これは、中学校のときに考えて考えて、答が出なかった問題だった。いろいろと考えた。足がちぎれても、目が見えなくなっても、それでも僕は僕だろう。体のどの部分をなくしたら僕でなくなるのか？　最後に残るのはどこなのか？

その考えが行き着くところは「脳」だった。しかし、僕の親父は、晩年、手術のミスで脳の一部が白くなったけれど、僕と心の会話した。脳のどこがどれだけ機能しなくなると自分でなくなるのか。たとえそれがわかったとしても、自分がなくなっているというのは誰が決定することなのだろうか。

結局、答はわからない。当然と言えば当然だ。

大人になると、その問は生理的レベルでか、心理的なレベルでか、というような会話になるから、ますますわからなくなる。そしてそれ以前に、なんでそんなことを考えるのかという顔をされる。確かに、手で触れたり目で見えたりできるレベルで、自分を論ずることは難しい。それで答が見つかるようなものではない。でもそんなことを考えるのは、本当に意味のないばかばかしいことなんだろうか。

体は歳と共に成長し、老化する。

ついこの前五歳になった息子の翔太が、母親との会話で、何かを確かめて行動を決めているのを見た。未熟児で保育器に転がってもぞもぞと動いていたのが、本当に五年前だったのかなと疑う。

翔太と一緒に風呂に入る。彼は、湯船で、幼稚園の友達のダイナくんのことを話している間中、僕の出っぱった腹をたたいて遊ぶ。僕の体も変わっていった。

頭の中の時間はゆっくりと流れていく。僕を見る周りの目は変わっていく。でも、僕は変わっていってる気がしない。確かに、器はどんどん変わっていく。周りの人に映る体の「見てくれ」は、かぶっている縫いぐるみと同じだ。美しい人は、美しい縫いぐるみを、ごつごつした人は、ごつごつした縫いぐるみをかぶっていて、それは年を経るとどんどん着替えていくものだ。どの年齢に着ている自分の縫いぐるみも、自分に変わりない。と考えると、中に誰が入っているかが大事なわけだ。僕の縫いぐるみには、誰が入っているのだろう。そういう興味は、年々増していく。

僕の頭の中には少年が住みついている。生活するのにあまり困らない程度の大人は持っている。大人には、厳しいことや嫌なことが多くある。それも僕を取り巻いている現実。それは受け入れる。が、流されない。僕の人生を、大人の嫌な部分で曲げられていくのはしゃくに障る。

大人になっても、自分の中に少年や少女が住みついているというのは、誰の中にもあるのではないか。日頃どれだけ感じているかどうかは、人によってずいぶんと違うにせよ。

僕は今、中学校の教師をしている。僕は毎日、少年や少女を相手に話をしたり聞いたりして、いっしょに生活している。少年や少女は、日々変化していく。子どもと大人が出たり入ったりしている。疲れることもあり、驚くこともある。僕の中学の時とは、時代が違い、環境が違い、そしてもちろん個々の違いがある。でも彼らを見ていると、いろいろなことを思い出す。僕のあの時も、この時も、彼らというスクリーンに映し出される。

大人になっていくことは、いろいろなことが自分で決められるようになるということでもある。うれしいことでもあり、厳しいことでもある。支えられている自分にも気づくようになる。この世に生を受けている今は、お互い支え合って暮らしていて、そうすることで喜びや悲しみを体験しながら自分を変えていく。

しかし、どうしても自分で決められないこともある。死ぬときは決められない。そして死ぬときというのは、支え合いを解き放つときだ。人にも物にも、考えや愛情などにも、すべてに訣別する。この世に生を受けて過ごすことと、この世に訣別することは誰もが当たり前のこととして受け入れるべき運命だ。

それを別のことにたとえてみる。別の星からやってきてこの地球に住みつき、またどこかの星へ帰っていくというということに。

自分は五〇億もの地球人の一人だ。そして毎秒何人かの割合で、地球人は他の星へと旅立っている。地球は、毎日、毎時間、そのことを当たり前のように見ている。いずれ自分もその一人になる。他の星に旅立つときに、初めて人は、自分の住んでいたこの地球が見えるかもしれない。

今、歳とともに縫いぐるみを着替えながら、中身に少年を携えて、いろいろな人に支えられて生きている僕。僕を取り巻くすべて……僕の中心、僕の縫いぐるみを囲む空気も、緑も、人も……すべてを僕自身だと思う時、僕は地球号になる。そうして、僕は死ぬまで、生きてみようと思う。

著者プロフィール

藤木 知史（ふじき ともふみ）

昭和36年、岡山県津山市で生まれる。
岡山大学教育学部卒業。
現在、岡山大学教育学部付属中学校の国語教師をしている。
E-mail：tikyugo@d9.dion.ne.jp

僕の中の少年

2000年11月1日　初版第1刷発行

著　者　藤木知史
発行者　瓜谷綱延
発行所　株式会社文芸社
〒112-0004 東京都文京区後楽2－23－12
電話03-3814-1177（代表）
03-3814-2455（営業）
振替00190-8-728265

印刷所　株式会社フクイン

乱丁・落丁本はお取り替えします。
ISBN4-8355-0717-7 C0095